Archimède Tirelou inventeur

Une idée de grand cru

Archimède Tirelou inventeur

Une idée de grand cru

Texte et illustrations :
Fabrice Boulanger

ÉDITIONS
MICHEL
QUINTIN

Catalogage avant publication de Bibliothèque et Archives Canada

Boulanger, Fabrice

Une idée de grand cru

(Archimède Tirelou)

Pour enfants de 3 ans et plus.

ISBN 2-89435-286-7

I. Titre. II. Collection: Boulanger, Fabrice. Archimède Tirelou.

PS8553.O838I34 2005 jC843'.54   C2005-941437-5
PS9553.O838I34 2005

Révision linguistique : Rachel Fontaine

La publication de cet ouvrage a été réalisée grâce au soutien financier du
Conseil des Arts du Canada et de la SODEC.

De plus, les Éditions Michel Quintin bénéficient de l'aide financière
du gouvernement du Canada par l'entremise du Programme d'aide au
développement de l'industrie de l'édition (PADIÉ) pour leurs activités d'édition.

Gouvernement du Québec – Programme de crédit d'impôt pour l'édition de
livres – Gestion SODEC

ISBN 2-89435-286-7

Dépôt légal - Bibliothèque nationale du Québec, 2005
Dépôt légal - Bibliothèque nationale du Canada, 2005

© Copyright 2005
Éditions Michel Quintin
C.P. 340, Waterloo (Québec)
Canada J0E 2N0
Tél. : (450) 539-3774
Téléc. : (450) 539-4905
www.editionsmichelquintin.ca

0 5 - K 2 - 1

Imprimé au Canada

— Non, non. Une louche à deux côtés, ça ne sert à rien! J'aimerais un instrument pour pétrir ma pâte, dit mademoiselle Suzette, la pâtissière, lorsque Archimède Tirelou lui propose son invention.

Archimède est déçu, car il voudrait bien charmer la plus jolie fille de son village. Peut-être même aurait-il droit à une pâtisserie gratuite en retour...

Une fois de plus, il ne lui reste qu'à ranger son invention dans son armoire aux inventions inutiles, juste à côté de l'armoire aux inventions géniales... qui, elle, est complètement vide.

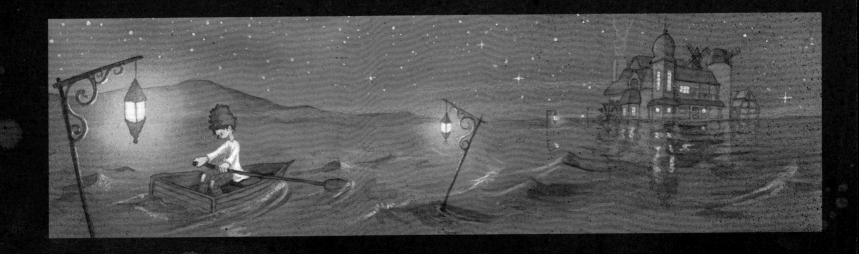

Pourtant, sa famille comptait de grands inventeurs. Chez les Tirelou, les idées ne manquaient pas! Tout jeune, Archimède se demandait où ses ancêtres rangeaient toutes leurs idées.

Son père lui avait montré un vieux truc. Dans la cave de la maison,
il fallait chuchoter une idée à l'intérieur d'un gros tonneau, puis le
reboucher pour que l'idée ne s'échappe pas. Il y avait là des centaines
de tonneaux, tous remplis par les ancêtres d'Archimède.

Lorsqu'on avait une bonne idée, il suffisait de l'ajouter dans le tonneau approprié, de bien mélanger le tout et d'attendre. Lorsque l'idée arrivait à maturation, l'ampoule sur le tonneau s'allumait.

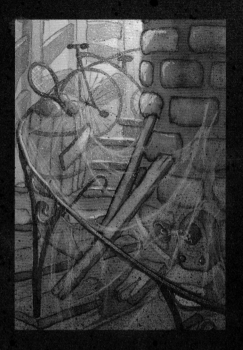  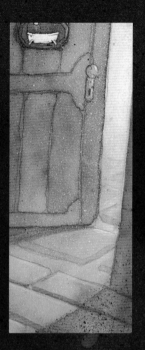

Archimède trouve le procédé un peu long... Un inventeur doit avoir une méthode de travail rapide! C'est pourquoi Archimède souffle chacune de ses idées dans des bulles de savon qu'il fait éclater au besoin. Aujourd'hui, il doute que ce soit bien utile puisque, de toute manière, ses inventions n'ont aucun succès!

Un beau jour, Archimède a envie d'aller écouter un tonneau dont l'ampoule est allumée depuis quelque temps. Qui sait? Peut-être trouvera-t-il une idée d'invention qui plaira à mademoiselle Suzette?

Le tonneau débouché, il entend la voix de son ancêtre, le comte Héméringilde Tirelou.

— Idée lumineuse, idée géniale, en voici une qui te fera perdre tes sandales : un gant de boxe sur un moulin à eau...

« C'est vraiment ridicule, pense Archimède, à quoi peut bien servir cette invention? Ce ne sont certainement pas mes ancêtres qui ont eu une telle idée. Le problème vient peut-être du tonneau! »

Aussitôt, Archimède fait venir les plus grands scientifiques. Un spécialiste en parasites gluants lui annonce que le tonneau est sain. Un expert en tonneaux hantés jure qu'aucun fantôme ne lui joue de tours. Un technicien en barriques bavardes conclut que tout est normal. Pourtant, Archimède est convaincu qu'un virus inconnu fait tourner au vinaigre les idées qu'on met dans ce tonneau.

Il faut trouver un moyen pour sortir le tonneau de la cave avant qu'il ne contamine tous les autres. C'est alors que l'ampoule du tonneau voisin s'allume :

— T'as la tête dans les choux? Voici une idée bien de chez nous : ce qui est bizarre pour toi ne l'est peut-être pas pour moi...

Encore plus idiot! Déjà un autre tonneau atteint par le virus!

À ce moment-là, mademoiselle Suzette frappe à la porte. Elle semble exténuée.

— Archimède, avez-vous trouvé quelque chose qui m'aiderait à pétrir ma pâte?

— Non, euh... j'ai un problème de gants de boxe sur un moulin! dit Archimède.

— Mais que vous êtes génial! s'exclame la petite pâtissière. Pensez-vous avoir bientôt fini?

Archimède comprend que l'idée sortie du tonneau n'est pas si étrange après tout.

— Je... euh... demain. Oui, je devrais avoir fini demain matin!

Le lendemain, Archimède arrive au moulin avec son attirail.
Il bricole toute la journée et trouve même une utilité à sa cuillère
à deux côtés. Mademoiselle Suzette est impatiente de voir le résultat.